Ve

1182

AGREABLE

ET

VERITABLE RECIT

DE CE QVI S'EST PASSE,

DEVANT ET DEPVIS L'ENLEVEMENT

DV ROY, HORS LA VILLE DE PARIS,

par le Conseil de Iule Mazarin.

EN VERS BVRLESQVES.

A PARIS,

Chez IACQVES GVILLERY, ruë des Sept-Voyes,
deuant le Collège de Fortet, proche Mont-Aigu.

———————————————

M. DC. XLIX.

AVEC PERMISSION,

AGREABLE ET VERITABLE
Recit, de ce qui s'est passé devant & depuis l'enleuement du Roy, hors la ville de Paris, par le Conseil de Iule Mazarin.

E chante d'vn vers satyrique
Les hauts faicts d'vn pique bourrique,
Qui dans la France a tant piqué
Qu'enfin de luy l'on s'est mocqué,
Que pour estre venu de Rome,
N'en est gueres plus honneste homme,
Mais qui ne vaudra iamais rien,
Parce qu'il est Sicilien.
Muse dicte-moy ses prouesses,
Ses artifices, ses finesses,
Ses trahisons, ses laschetés,
Ses larrecins, ses cruautés,
Et ses maudites tromperies,
Aussi bien que ses piperies.
Enfin comment & par quel tour,
Il s'est introduit à la Cour.
Depuis que l'iniuste licence,
Du faux ministre de la France,
Abandonna le paysan,
A la fureur du Partisan.
Partisan Monstre de nature,
Qui des pauures gens fait pasture
Qui ne peut qu'en confusion,
Penser à son extraction.
Partysan qui dés son ieune aage,
Laissa ses parens au village,
Et vint à Paris sans souliers,
Sur la Mule des Cordeliers,
Dans cette florissante Ville,
D'abord il mania l'estrille.

Seruant deſſous le pal-frenier,
En la maiſon d'vn Financier,
Puis apres montant d'vn eſtage,
On le mit en bon équipage.
On luy fit porter les couleurs,
De ce grand maiſtre de voleurs.
On commence de le cognoiſtre,
Approchant plus ſouuent du Maiſtre,
De la maiſtreſſe quelquesfois,
Il deuient ainſi plus courtois,
De iour en iour mieux il ſe dreſſe,
Enfin ſon maiſtre & ſa maiſtreſſe,
Le prennent en affection,
Ils trouuent qu'il eſt bon garçon.
Chacun dans la maiſon murmure,
Que l'on ayme mieux la Verdure,
Qu'on ne fait les autres valets,
A qui l'on donne des ſoufflets.
Des coups de poincts & des nazardes,
Des coups de pantouffles mignardes,
Et que ſans doute il ſera mis.
Bien-toſt au nombre des Commis.
Voila donc ce porte mandille,
Qui deuient financier habile,
Il roule auſſi-toſt les deniers,
Comme bled dedans les greniers.
Apres il ſuccede à ſon maiſtre,
Il commence à ſe meſcognoiſtre,
Car trenchant du petit Seigneur,
Il veut que l'on luy face honneur,
Et tient ſouuent meilleure table,
Qu'vn Mareſchal, ou Conneſtable,
Ayant acquis facilement,
Plus de bien qu'eux en vn moment,
C'eſt depuis ce temps que noſtre hōme
A quitté la Ville de Rome,
Et dans la France a mis le nez,
Dont il en a tant mal menez
Que l'on maudit l'heure premiere
Qu'il mit le pied ſur la frontiere,
Mais on maudit bien plus le iour,
Qu'il mit la teſte dans la Cour,

Deſlors

Deſlors on ne vit que miſere,
S'eſpandre deſſus noſtre terre,
Deſlors nous auons veu regner,
De noſtre temps l'aage de fer,
Car portant l'or en Italie,
Des metaux il laiſſe la lye:
Rauiſſant de noſtre pays,
Le vif eſclat de nos Louys.
Mais raconte moy chere Muſe,
La naiſſance de cette buze,
Raconte à ſa confuſion,
Ses parents, ſon extraction,
Si ſon Pere fut aſſez riche,
Pour laiſſer vn morceau de miche,
S'il eſtoit paſteur de trouppeaux,
S'il ne vendoit point de Naueaux,
Des Concombres ou des Citroüilles,
S'il eſtoit pecheur de Grénoüilles,
S'il n'eſtoit point bon Iardinier,
S'il ſçauoit enter vn prunier,
S'il n'eſtoit point batteur en grange,
S'il portoit la hotte en vendenge,
S'il eſtoit conducteur de porcs,
S'il n'eſtoit point vendeurs de coqs,
S'il conduiſoit au champs les vaches,
Où racommodeur de gamaches,
S'il eſtoit enleueur de fiens,
S'il n'eſtoit point chaſtreur de Chiens,
S'il mettoit pieces aux marmittes,
Aux vieux poillons & lechefrittes,
Et s'il mettoit pour dire tout,
Parfois la piece aupres du trou.
Enfin dy de quelque maniere,
Il empliſſoit ſa gibbeciere.
Vrayement on ne ſçay que trop bien,
Qu'il eſt natif Sicilien,
Mais on ne ſçay de qu'elle face,
On doit enuiſager ſa race,
Parce que fort differemment,
On marque ſon commencement,
Pour bien parler de cette affaire,
Il faudroit conſulter ſa Mere,

B

Encor ne le ſçaÿt-elle pas,
Ayant pris differens eſbats,
Le bruit court qu'elle eſtoit hoſteſſe,
Qui logeoit ſouuent la ieuneſſe,
Pendant que ſon Mary marchant,
Deſſus Mer alloit trafiquant,
Qu'on n'auoit pas beaucoup de peine,
A gagner cette belle Heleine,
Et qu'vn Corſaire derenom,
Luy fit par hazard ce garçon.
On tient qu'il eſtoit d'Arabie,
Ou des confins de la Turquie,
Et que la bouraſque des flots,
L'emportant ſur les Matelots,
Apres auoir fait grand pillage,
Le ietta deſſus le riuage,
Ou noſtre Hoſteſſe de renom,
Le receut dedans ſa maiſon,
Et que pendant que la tempeſte,
Se calmoit, ils firent grand feſte.
Si ce diſcours eſtoit certain,
Il ſeroit vn fils de putain.
Mais laiſſant à part ſa naiſſance
Et toute ſa mauditte engeance.
Voyons ce qu'il a fait depuis,
Et notamment dedans Paris,
Suiuons tout le cours de la vie,
De cette peſte d'Italie,
Tous les crimes qu'il a commis,
Et combien il fit d'ennemis,
Laiſſant ſes parents en Sicile,
Il ſeruit à Rome de drille,
Là ce rude & meſchant paillard,
Iouoit à tous ieux de hazard,
Faiſant ſi bien le tour du rolle,
Qu'il attrappoit mainte piſtolle,
Preſident aux fameux brellans,
Pipant comme vn vieux charlattans.
Enfin pres de luy la ieuneſſe,
Au jeu n'auoit plus de fineſſe,
Et ne ſçauoit plus par quel bout,
Se garder de ce happe tout,

On commence de le cognoistre,
On s'apperçoit que c'est vn traistre,
Que pour attrapper le teston,
Il pippe comme vn beau demon.
On quitte là sa compagnie,
On le fuit comme vne Harpye,
On le laisse comme vn trompeur,
Où plustost comme vn fin voleur,
Contre luy on crie, on murmure,
Tout le monde luy chante iniure,
Mais le pis, il va se mocquant,
Car il a gaigné leur argent,
Enfin ayant par sa cautelle.
Assez bien garny l'escarcelle,
Il songe long-temps à part soy,
De quel art, de quel employ
Il pourra bastir sa fortune,
Non pas sur les flots de Neptune,
Car son Pere quoy qu'entendu,
Auoit là tout son bien perdu,
Et puis le traffic de son pere,
Ne les échauffoit encore guiere,
Pour ce qu'il sçait bien qu'vn Marchant,
Ne gaigne iamais qu'en risquant.
Pour luy iamais à la fortune,
Il ne commettra sa pecune,
Il tient pour Maxime d'Estat,
Qu'il ne faut rien mettre au hazard,
Et que dans le temps où nous sommes,
Risquer est le fait d'vn pauure homme,
Que sans hazarder ce qu'on tient,
On peut bien amasser du bien,
Qu'vn Lievre party de son giste,
Difficile à suiure à la piste,
Lasse bien souuent les Chasseurs,
Les Chiens & les meilleurs piqueurs,
Et que quand il bat la Campagne,
Il gabbe le Cheual d'Espagne.
C'est pourquoy voyant ses parents,
Auoir esté reduis au blanc,
Par le traffic & Marchandise,
Il iure qu'il seroit d'Eglise.

Pour coũurir d'vn titre d'honneur,
Les fourbes qu'il a dans le cœur,
Apres il met ſon artifice,
Pour attrapper le benefice,
Pour ioũir de gros reuenus,
Sans dire vn ſeul mot d'Oremus,
Et de fait dedans noſtre France,
Il a ſi bien groſſi ſa mance,
Aux deſpens des Moines Clauſtraux,
Dont il a rogné les morceaux,
Que quand ils ſe mettent à table,
Ils deuroient le donner au Diable.
Mais il eſt vray que le Demon,
Le tient deſja par le talon,
Car on croit que c'eſt par Magie,
Qu'il ſe gouuerne en cette vie,
Si de plus quelqu'vn veut ſçauoir,
L'origine de ſon pouuoir,
Ce qui le mit en hautte eſtime,
Ce fut en commettant vn crime,
On ſçait que d'vn grand Cardinal,
Par la trahiſon de Cazal,
Il captiua la bien-veillance,
En y mettant ſoldats de France,
Qu'il fut fait Conſeiller d'Eſtat,
Qu'il paruint au Cardinalat,
Et quoy qu'il euſt trompé le Pape,
Que le chappeau rouge il attrappe,
Dont l'auguſte & pompeux eſclat
Digne ornement d'vn bon Prelat,
Ne doit pas couurir la ceruelle,
D'vn chetif porteur de nouuelles,
D'vn Meſſager, d'vn Poſtillon,
Comme ce petit Mirmidon,
D'vn homme de fange & de boüe,
Qui merite pis que la roüe,
D'vn vray bouffon d'vn harlequin,
D'vn franc maraut & d'vn coquin,
D'vne teſte folle & marrotte,
Et d'vn valet decrote botte,
Ce ſont d'illuſtres qualités,
Pour paroiſtre de tous coſtez.

Habile

Habile à gouuerner la France,
Par sa sagesse & sa prudence,
Et pour estre mis en vn rang,
Qui fait honte aux Princes du Sang:
Cependant c'est le personnage,
Qui trauerse aujourd'huy nostre âge,
Et qui d'vn excés de depit,
S'attaque à des gens de credit
De l'Estat veut tenir les resnes,
D'vn faux conseil preuient la Reine,
Appuyant sa desloyauté
De la Royalle authorité.
Mais quand le Parlement Auguste,
A veu qu'il enleuoit nos Iustes,
Qu'il ruinoit nostre pays
Par le transport de nos Louys,
Aussi-tost les Cours s'assemblerent,
Et de l'vnion protesterent,
Trouuant en fin par leurs trauaux,
Du soulagement à nos maux,
D'abord pour extirper l'engeance,
De la vermine de la France,
Il s'attaquent au Partisan,
Comme à l'auteur du mal present.
Et puis remontant à la source,
D'où ces ruisseaux prenoient leur couree,
Ils viennent à l'Italien,
Remonstrent qu'il ne fait pas bien,
Que iustement on le soupçonne,
De n'auoir pas l'intention bonne,
Qu'il est estranger, & partant
Suspect dans le gouuernement,
Que pour vn sage Politique,
Il erre dedans sa pratique
Qu'il renuerse toutes les loix,
L'appuy des Estats & des Roys,
Qu'ils doiuent prendre connoissance
De ce qu'on fait de la finance,
Puis que tout est reduit au point
Qu'en trouuer plus on ne peut point,
Si ce n'est par les vstancilles
De ce gros voleur de familles,

C

Qu'il conuient faire dégorger
Pour tout le peuple soulager,
Qu'il faut changer d'autres maximes,
Qu'estans les Tuteurs legitimes.
De nos Roys, il faut qu'auiourd'huy,
De son estat ils soient l'appuy,
Que sans faire tant de leuées,
Ils entretiendront les armées,
Et maintiendront en son esclat
Nostre Monarque & son Estat,
Qui sans emprunter par auance
Ne manquera point de finance,
Et qui sans admettre les prests.
Aura tousiours de l'argent frais.
L'Italien ne veut entendre,
Ce discours facile à comprendre,
Il dit que c'est vn attentat,
Que l'on commet contre l'Estat,
Il preuient l'esprit de la Reine,
Dit, que comme elle est souueraine,
Elle doit sans plus raisonner
Les plus mutins emprisonner,
Et de fait cecy se pratique,
Car dans vne joye publique,
Au beau sortir d'vn *Te Deum*,
On en met in Capharnaum.
    Mais Dieu qui voit ceste malice,
Qu'on veut abolir la Iustice *
De qui le souuerain pouuoir
Retient chacun en son deuoir
Et dont l agreable harmonie
Fait le doux accord de la vie,
Inspire aussi tost le Bourgeois,
De joindre les Armes aux Lois,
En vn moment sans Capitaine,
Voila tout le monde en haleine,
Chacun court à son ratelier
L'vn prend vn pieu, l'autre vn leuier,
Le peuple tempeste, menace,
Il se rend maistre de la place,
Iusqu'à ce qu'il eust obtenu,
Le retour du vieillard chenu,

Qui mettant fin à ſes alarmes,
Fit quitter à chacun les armes,
Cependant c'eſt vn coup du Ciel,
Que plus loin n'alla point le fiel,
 Comme quand la tempeſte émeuë,
Porte vn vaiſſeau iuſqu'en la nuë,
Puis apres le fait abyſmer,
Iuſqu'au plus profond de la mer,
Quand les grands éclats de la foudre,
Semblent reduire tout en poudre,
Que la fureur des Aquilons,
Fait d'eau, montagnes & valons,
Que l'air obſcurcy de nuage,
Ne repreſente que l'image
De la plus miſerable mort,
Dont on puiſſe craindre l'effort,
Qu'à tous-momens la mer s'entrouure
Pour nous engloutir dans le goufre,
Que nous voyons dedans les eaux,
Les vens qui creuſent nos tombeaux,
Alors ſi le pere Neptune,
Paroiſt deſſus vn char d'eſcume,
Il calme la fureur des flots,
Chaſſant les vents dans leurs cachots,
De meſme la chaude bouraſque,
De la populace fantaſque
Ne faiſoit ouyr dans Paris,
Qu'vne confuſion de cris,
Quand celuy qu'ils nomment leur pere,
Appaiſe auſſi-toſt la colere,
Iettant d'vn regard aſſez doux,
Des eaux au feu de leur courroux.
Mais pour cela noſtre Corſaire,
Ne dépoſe pas ſa colere,
Au contraire il eſt plus faſché,
D'auoir pris pour auoir laſché.
Creuant de dépit il reſerue,
Pour le deſſert de la conſerue,
Il attend iuſqu'au iour des Roys,
A nous enleuer noſtre Roy,
Ayant enleué ſon image,
Auparauant par ſon pillage,

Peut estre afin de le loger,
Comme elle au pays estranger.
Mais vn second coup de prudence,
En vn moment arma la France,
Et tous les Parlemens vnis,
Veillent à conseruer Louys.
Le Parisien recourt aux armes,
Chaque Bourgeois deuient Gendarme,
Et l'on proteste hautement,
De se deffendre vaillamment,
Cependant la Cour tres prudente,
Enuoye à la Reine Regente,
A sainct Germain les Gens du Roy,
Mais le Chancelier en esmoy,
Leur respond, la ville est bloquée,
Et si fortement attaquée,
Que l'on a desia fait armer,
Plusieurs soldats pour l'affamer.
Mais pourtant ville florissante,
Ta prouidence est innocente,
Et l'on ne peut pas t'imputer,
D'auoir voulu rien attenter,
Mais bien de t'estre deffenduë
De celuy qui comme sangsuë,
N'est rouge auiourd'huy que du sang,
Du miserable paysan,
Dont la viue couleur éclatte,
Dessus ses habits d'écarlate,
Et qui semble auoir reproché,
L'enormité de son peché.

Mais inexorable à tes plaintes,
Capables de donner atteintes,
Aux courages plus endurcis,
France, il s'est mocqué de tes cris,
Et dedans tes douleurs pressantes,
Etouffant ta voix languissante,
Il a conuerty tes sueurs,
En parfums, en eaux de senteurs,
Mettant plus d'argent en fumées,
Qu'vn Roy ne depense en armées,
Et quand il a tout fait perir,
Il te veut contraindre à mourir.

Et

Et de la mort la plus farouche,
En t'oſtant le pain de la bouche:
Mais Dieu, du luſte protecteur,
Se monſtrera ton deffenſeur,
Et les Mazarines cohortes,
Ne pourront aſſieger tes portes;
Leur effort ne ſera que vain,
Pour t'oſter le pain de la main.
Le Parlement par ſa conduitte,
A mis les Partiſans en fuitte,
Et qui n'a peu ſe retirer,
N'oſe à preſent ſe declarer.
Comme l'on void dans la campagne,
Rouler du haut d'vne montagne,
Les eaux d'vn torrent furieux,
Entraiſnans & cheuaux & bœufs,
Et deſcendans dedans la plaine,
Enleuer les troupeaux à laine.
Que l'on voyoit auparauant,
Bondir ſur le pré verdoyant,
Le berger qui dedans ſa hutte,
Prés de là deſſus quelque butte,
Voir emporter tous ſes troupeaux,
Par la violence des eaux,
Et que vainement il oppoſe,
A ſa fureur aucune choſe,
Eſt contraint de ſe retirer,
Dans ſa cabane & de pleurer.
De meſme la haute prudence,
Du premier Parlement de France,
A qui plus foible qu'vn berger
Vouloit s'oppoſer l'Eſtranger,
Ayant grondé comme vn tonnerre,
Enfin a declaré la guerre,
Aux Partiſans & leur Supoſts,
Perturbateurs de nos repos:
Elle lance le coup de foudre,
Qui reduit Mazarin en poudre.
Enfin l'Arreſt du ſcelerat,
Fait dans la France vn grand éclat;
Deſlors toute choſe s'auance,
Apres on ſonge à la finance,

D

Qui se trouue assez promptement,
Car chacun donne gayement,
Selon sa petite portée,
Pour mettre sur pied vne armée,
Qui dans peu, sous ce grand Beaufort,
Du Parisien noble support,
Auec quantité d'autres Princes,
Et de Gouuerneurs de Prouinces,
Sort en campagne & met à bas,
Tout ce qui resiste à son bras,
Rien ne fait teste à son courage,
Aux conuois il donne passage,
Il s'expose dans le danger,
Faisant la guerre à l'Estranger,
Et quant on sçait qu'aupres de Fresne
Il combat d'vn courage extresme,
Aussi-tost le zelé Bourgeois,
Prend les armes, & le harnois,
Il se jette dans la campagne,
Mais dés qu'il fut sur la montagne,
L'Ennemy qui void ce secours.
D'vn autre costé prend son cours,
Auecques honte il se retire,
Apres auoir bien eu du pire,
Et fuyant il disoit ces mots,
Quoy sont-ce là de ces badots.
    Mais pour mieux marquer leur defaite,
Leur fuitte & honteuse retraitte,
Il en passa dedans Paris,
Plusieurs blessez, qu'on auoit pris,
L'vn auoit la teste cassée,
L'autre la jambe fracassée,
L'vn sans bras, & l'autre sans nez,
Furent dedans Paris emmenez;
Et puis sur la brune serrée,
Nostre Prince fit son entrée,
Qui paroissoit comme vn Soleil,
Au milieu de cét appareil,
On entendit du haut des dosmes,
Viue le Roy, viue Vendosme,
Viue le Roy, viue Beaufort,
Il est demeuré le plus fort,

O belles trouppes Mazarines,
Vous voyla cheutes en ruynes,
La plufpart de vos regimens,
Sont defcendus au monumens,
Vous auez reffenty marmailles,
Le rude choc de nos batailles,
Vous auez reffenty les coups,
De noftre tres iufte courroux,
Toutes vos entreprifes vaines,
N'ont rien rauagé que des plaines,
La fureur de vos Efcadrons,
Ne fçait rien rompre que des ponts,
Si de Charenton la bourgades,
Fut furprife par efcalade,
Vous y receuftes plus de coups,
Vous y perdites plus que nous,
On tua de nos Capitaines,
Dont le fang coula dans la feine,
Auffi le Prince de Condé,
Vit bien qu'il auoit hazardé,
Quand vn grand Seigneur de remarque
Qui trouua la fatalle parque,
Se voyant au lit de la mort,
Se plaignit ainfi de fon fort,
Et luy fit la trifte peinture
De fa miferable aduanture.
Illuftre Prince de Condé,
Faut-il pour t'auoir fecondé,
Faut-il en la fleur de mon aage,
Faire vn fi mal-heureux naufrage,
Faut-il defcendre au monument,
Sans fçauoir pourquoy, ny comment?
Ha! ie ne plaindrois point ma vie,
En la perdant pour ma Patrie,
Non, non, ie mourois glorieux,
Dans le Tombeau de mes ayeux,
Mais dedans ces fottes alarmes,
Des mains mefmes de nos gens-darmes,
Mourir pour vn ie ne fçay qui,
Ha Prince il faut finir icy!
Auffi-toft deffus fon vifage,
La mort vint tracer fon image,

En effaçant par fa pafleur
Ce qui luy reftoit de couleur.
On dit que la douleur preffante,
De cette affliction préfente,
D'vn Prince troubla le repos,
Qu'il repeta ces derniers mots,
Et qu'il ne peut dans la cholere,
Qu'il n'enuoyaft Mazarin faire :
Mais Paris fe maintient toufiours,
Sans emprunter d'autre fecours,
Que ce qu'il a dans fes marmailles,
D'hommes pour dreffer fes batailles,
Et quoy qu'on veille l'affieger,
Il a toufiours dequoy gruger,
On a beau tenir quelques poftes,
Il vient plus de pain dans des hottes,
Qu'il n'en venoit par l'appareil,
De ce grand batteau de Corbeil,
Et fi quand il n'en viendroit mie,
Nous aurions toufiours de la mie,
Car nous auons dans nos greniers,
Dequoy paffer dés ans entiers,
Dequoy Mazarin fe defpeffe,
Car quoy que le pain de Goneffe,
Ne paffant plus par fainct Denys,
Ne vienne plus guere à Paris,
De cela peu l'on fe foucies,
On n'en feroit que des roties.
Qu'il vienne, ou qu'il ne vienne pas,
Pour cela nous n'en mourrons pas,
Car Dieu prend en main noftre caufe.
L'homme raifonne & Dieu difpofe,
Et Dieu r'enuerfe en vn moment,
De l'homme le raifonnement.

F I N.

www.ingramcontent.com/pod-product-compliance
Lightning Source LLC
Chambersburg PA
CBHW061421170626
46811CB00005B/2069

* 9 7 8 2 0 1 9 6 1 1 2 0 0 *